AF226930

BLANC ET NOIR

PAR

FLORIAN MILADOWSKI

A mon avis, lorsqu'on rencontre tant de mauvaises idées qui sont bien exprimées, il est permis de faire le contraire, plutôt que de rester muet.

Prix : **50** centimes.

MONTBÉLIARD

IMPRIMERIE ET LITH. BARBIER FRÈRES.

1880

BLANC ET NOIR

PAR

FLORIAN MILADOWSKI

A mon avis, lorsqu'on rencontre tant de
mauvaises idées qui sont bien exprimées,
il est permis de faire le contraire, plutôt
que de rester muet.

Prix : 50 centimes.

MONTBÉLIARD

IMPRIMERIE ET LITH. BARBIER FRÈRES.

1880

A mon petit fils JEAN.

BLANC ET NOIR.

———×———

0

Il pourrait paraître bizarre à mon lecteur, si lecteur il y a, que j'aie choisi pour titre de mes ébats littéraires deux pauvres adjectifs n'ayant ni queue ni tête, trop inoffensifs pour être célèbres, trop insignifiants pour jouer les héros d'un livre.

Que voulez-vous ? Chacun son goût et son inspiration.

J'aurais pu, sans doute, être plus heureux dans mon choix.

Aujourd'hui, en fait d'adjectifs, il y en a qui se distinguent particulièrement et qui sont cités à tout propos.

Comme par exemple, *laïque.*

En le plaçant à côté de n'importe quel substantif, il fait toujours superbe mine.

Instruction *laïque,* éducation *laïque,* religion *laïque,* gouvernement *laïque* ;... cela sonne à merveille.

Nous aurons bientôt des prêtres *laïques,* des parents *laïques,* un Dieu *laïque,* que sais-je ?.. Il faut que les hommes progressent.

Il y a d'autres adjectifs qui atteignent presque la même popularité. Par exemple, *civil.*

Courage *civil.*

Mariage *civil.*

Enterrement *civil.*

Nous devons à M. Zola, des verbes (*jusqu'aux interjections*) immortels.

Mais il n'est pas donné à chacun d'être M. Zola.

Pour désigner son rang et son mérite, nous aurions beau chercher des adjectifs.

Aucun n'irait à sa taille.

C'est pourquoi le lecteur n'apercevra point dans mon opuscule le pronom prétentieux *nous : nous croyons. nous soutenons, et cœtera.*

On se bornera à un modeste je.

Avant tout il faut être honnête et savoir se mettre à sa place

Je reviens à mes titulaires.

Blanc et noir !

On dit blanc comme la neige, noir comme un démon.

Mon titre équivaudrait donc à celui de neige et démon.

Quelle sotte invention !

D'aucuns prétendent que le diable n'est pas aussi noir qu'il en a l'air.

Sortez de là !

Je m'enchevêtre au lieu de satisfaire mon lecteur.

Voilà déjà pour commencer. — Cela promet, n'est-ce pas ?...

Je finis par renoncer à justifier mes adjectifs et je n'en dis, pour le moment, ni blanc ni noir.

1

Après avoir rendu mon début suffisamment obscur—
moyen comme un autre de donner à son style une
tournure philosophique, — j'ai envie de traiter la suite
avec une clarté irréprochable.

Ceci serait dans l'intérêt du livre qui a un but très-
sérieux.

Sérieux n'est pas tout-à-fait le mot, car il y est
question d'un miracle.

Vous ne croyez pas aux miracles ?

Moi non plus.

Attention ! je ne crois pas à certains miracles,
racontés d'une certaine manière.

Mon miracle, à moi, me paraît digne d'être tenté,
quoiqu'il présente, au premier abord, des difficultés
insurmontables.

Ah ! rassasier une foule de ventres rien qu'avec deux
poissons, c'était sans doute quelque chose.

Mais qu'est-ce en comparaison de mes rêves ?

Faire du vin avec de l'eau, misère !

Je me propose, moi, de changer les hommes en
hommes.

Jamais cerveau n'a conçu idée pareille.

Cette idée, je la dois aux républicains.

Avis important à tous ceux qui ne rendent pas justice
à notre bien aimée République Française.

Son mérite est cependant incontestable.

Depuis sen avènement il se commet tant de fautes, qu'il nous devient impossible de rester plongés dans la léthargie traditionnelle.

Nous nous réveillons en sursaut, nous reprenons la vie, nous crions: gare aux fautes ! pour éviter de crier : *sauve qui peut !*

Toutefois ces fautes ne sont que naturelles.

Le gouvernement républicain est nouveau, il est jeune, il n'a pas eu le temps de se former.

Hélas ! si l'art d'obéir est compliqué, celui de commander l'est encore davantage,

La monarchie, malgré tous ses défauts, offrait une certaine stabilité due à une longue routine.

La volonté d'un monarque, envers et contre ses dispositions individuelles, était, pour ainsi dire réglementée.

Pareil au chef d'orchestre, il battait la mesure et frappait ceux qui jouaient faux. en ayant souci de contenter *le compositeur*.

Notre régime actuel consiste à se passer de chef d'orchestre.

Plus de partition, plus de baguette, plus de programme. Chacun joue ce qui lui plaît, dans le mode qui lui convient, dans le rythme qui est de son goût. L'ensemble produit une cacophonie infernale, dite moderne, destinée à remplacer le vieux classique.

Les parvenus au pouvoir sont, comme tous les parvenus, dans un état d'ivresse qui leur fait faire des zigzags.

A la première occasion ils piquent une tête et ne se relèvent plus.

Conséquence inévitable.

Que l'enfant enfourche un bâton au lieu de cheval, il ne s'en trouve que mieux ; que l'homme, à l'âge de raison, enfourche des idées biscornues, il en résulte une catastrophe pour lui et pour ses semblables.

Malheureusement nous en sommes là.

Prêtez l'oreille à cet aréopage qu'on appelle opinion publique, composé de sommités littéraires, d'ultra-moralistes, de Messies régénérateurs du monde.

Sondez leurs péroraisons.

Elles sont brillantes, bruyantes, asphyxiantes par excès de fleurs, mais vides de sens.

Cherchez-y la stricte morale, c'est comme si vous chantiez les vêpres sur l'air de Croquemitaine.

Le même objet est appelé par ces messieurs blanc, bleu, vert, orange, taxé de cent francs, d'un million, de cinq centimes, le même objet est recommandé, bafoué, apothéosé ou flétri.

On y dit crime pour vertu, vertu pour crime.

On y discute les choses indiscutables, on y dénature les vérités les plus simples, on y opte pour les solutions les plus bizarres, comme par exemple : que le seul moyen sûr d'avancer est celui de marcher à quatre pattes.

Avec cela l'on se croit assez docte pour promettre des réformes civilisatrices, une éducation virile à la jeunesse, une ère de prospérité sociale dont rien n'a jamais approché.

O mandataires de contrebande ! comment parviendrez-vous à réaliser vos promesses, vous qui ne possédez pas les notions élémentaires sur ce qui constitue l'objet de l'éducation ?

Songez-donc, l'éducation c'est la science des principes.

Pouvez-vous donner ce qui vous manque ?

Je vais à mon tour essayer de vous éduquer, moi, qui ne suis ni député, ni savant, ni habile phraseur; qui n'ai qu'une seule qualité propre à vous édifier.

Je suis laïque.

J'ai toujours respecté les principes, grâce à l'éducation que j'ai reçue de mes parents qui étaient peu riches en écus mais sincèrement vertueux. Considération importante, aimables lecteurs, car si les parents, en général, vaquaient consciencieusement à l'éducation de leurs enfants, je n'aurais pas besoin, à l'heure qu'il est de penser à faire la vôtre.

Nous vivions dans le temps où l'on ne tambourinait pas encore les hautes théories. — On n'avait aucune idée des nihilistes. Les radicaux grouillaient timidement à huis clos, car il ne faisait pas bon d'avancer l'heure d'émancipation. En France, même, après les grandes secousses révolutionnaires tout paraissait rentrer dans l'ordre. Né sous le triste ciel russe où le peu de sécurité se payait avec beaucoup de dissimulation, je m'élevais en dehors des affaires politiques, m'initiant amoureusement aux chefs-d'œuvre de la littérature et des beaux-arts. C'est dans ces sources vivifiantes que je fortifiais mes convictions spiritualistes. Elles ne m'ont jamais quitté un seul instant. Il est vrai que j'eus le bonheur de passer ma jeunesse en contact avec des personnes qui partageaient mes opinions. La grande majorité, d'ailleurs, en était encore à observer la religion, à mener une vie exempte de tourments factices, consacrée aux devoirs, à l'amitié, aux distractions saines et utiles. En comparant cette simplicité de mœurs avec la rouerie.

avec l'égoïsme prétentieux et roide du monde actuel, il
me semble que trois siècles pèsent sur ce passé dont le
tableau précipite lesbattements de mon cœur. De toutes
les généreuses et austères tendances qui se manifestaient
parmi les hommes, il ne reste plus qu'un pâle souvenir.
On se croirait après une liquidation amenant la ruine et
le coup de désespoir.

Rengaîne de vieillard, exagération, jugement partial,
me criera-t-on de tout côté. Habitude de se payer une
pompeuse oraison funèbre pour ce qui n'est plus. Les
hommes n'étaient ils pas, ne seront ils pas toujours les
mêmes, ayant des qualités et des défauts? Que gagnerez-
vous à calomnier notre sîecle ? Rendez-lui plutôt justice;
convenez qu'il a beaucoup produit, beaucoup changé.
beaucoup amélioré.

Oui, messieurs, je ne demande pas mieux que d'être
juste. Je conviens que notre siècle a énormément produit, que tout n'y est pas mauvais. Quant aux hommes,
je suis encore de votre avis, il y en a qui ne sont pas
méchants. Toutefois je leur en veux pour la légéreté avec
laquelle ils abandonnent les principes. A mes yeux c'est
une faute grave, une faute capitale, une faute impar-
donnable qui fait que les hommes, après avoir pendaut
bien longtemps côtoyé le chemin de la sagesse, retom-
bent tout d'un coup dans l'enfance.

C'est le propre des enfants de courir après l'inconnu.

C'est le propre des hommes mûrs de s'attacher à ce qui est ancien.

Blâmer exclusivement les uns ou les autres serait une erreur.

Le monde se compose du vieux et du nouveau. En gros c'est toujours la même chose, en détail c'est varié à l'infini. Cela commence par le berceau, cela finit par le cercueil. Mais entre les deux tout change. — D'où vient, pour des êtres supérieurs comme les hommes, la nécessité de se reconnaître dans ce dédale d'effets et de causes, d'étudier le mécanisme qui fait marcher les rouages. Ils y ont beaucoup travaillé. Ils ont eu du succès. Ils sont parvenus à savoir que dans le monde physique il y a des astres fixes et des corps qui gravitent autour. Les malheureux ignorent encore, ou feignent d'ignorer, que dans le monde moral il y a des principes qui, pareils aux astres fixes, ne bougent pas. Ils ne se rendent pas compte du besoin de graviter autour pour échapper aux cataclysmes.

Ils prétendent même, les sophistes, que l'ordre perpétuel, que l'absence du mal, provoqueraient une monotonie nauséabonde ; que le contraste est une condition de vie ; un charme dans l'existence.

Raisonnement absurde ! Comme si jamais qui que ce soit fut blasé sur les rayons du soleil, sur un ciel étoilé ou sur les actions honnêtes.

Les principes sont les principes.

Ils sont toujours les mémes.

Le nouveau commence avec les déductions qui en émanent. Une sage exploitation de principes offre des trésors incalculables, des avantages illimités.

L'homme qui sait en tirer parti, sait tout.

Le principe des principes est Dieu.

Je répète Dieu ! sans faire attention à vos grimaces. Vos grimaces, ah ! dépêchez-vous de les rentrer pour que Dieu ne vous pétrifie pas avec elles,

Immortaliser votre niaiserie serait peut-être vous punir suffisamment. Car, somme toute, vous n'êtes même pas dignes d'un châtiment plus sévère.

Vous haussez les épaules, vous dites laisse nous tranquilles avec ton Dieu. Il y est, ou il n'y est pas qu'est-ce que cela peut nous faire ? Nous avons d'autres affaires plus pressantes, d'autres soucis plus sérieux.

— Enfant, tu n'as pas besoin de nous déranger. Va jouer avec ton livre et ne nous embête pas.

Merci bien. — Mais si vous m'appelez enfant, je vous appellerai... allons ! faisons la paix et soyez, gentils.

Vous me renvoyez m'amuser avec mon livre, mais moi, je n'entends pas vous laisser vous amuser avec l'athéisme.

Hommes-moutards ! vous avez cassé, brisé à tour de rôle, tous vos jouets; hâtez-vous d'en finir avec celui-là.

Mettez-vous à l'A, B, C de la vie.

Je vous promets, quoi donc ?... un bâton de sucre d'orge.

Pour l'homme, le principe essentiel est d'être.

Ne confondons pas.

Je dis être et non *paraître*.

Entre être et paraître il y a un abîme.

Aujourd'hui les hommes se contentent ordinairement de paraître.

Paraître instruits, paraître riches, paraître raisonnables, paraître honnêtes, paraître heureux, cela leur suffit.

Ils imitent le petit mioche qui s'affuble d'un sabre en bois, d'un képi en carton, pour faire le général.

Toujours cette gaminerie qui perce...

Paraître ! parodie funeste du sort, idée folle ! Tromper les autres pour être les premiers attrapés !

Paraître ! Demandez aux hommes ce que cela leur coûte. Pour paraître ils risquent leur repos, leur fortune, leur bonheur domestique, ils font des dettes, des accrocs à leur conscience ; pour paraître, ils multiplient leurs efforts jusqu'au moment où, très-souvent, ils paraissent devant le *parquet* couverts de honte et d'infamie.

Voyez cette passion du luxe effréné qui sévit dans toutes les classes sociales, cette manie de s'éclipser les uns les autres, par un faste apparent, par une aisance mentie, voyez cette soif d'entretenir des luttes fiévreuses plutôt que de chercher la paix au prix des jouissances réelles.

Tendance ridicule qui fait que nous négligeons les grands moyens propres à nous faire valoir devant Dieu, comme devant les hommes, pour nous jeter dans une vie artificielle, vraie farce de baraque, où toutes les ressources de génie sont remplacées par la ficelle.

Et ne croyez pas que le mal qui en résulte se borne aux pertes matérielles.

Il est pire que vous ne pensez.

Les hommes, à force de rouler de mensonges en mensonges, à force d'être trompés et trompeurs, finissent par se méfier de tout, par nier tout, par ne croire à rien.

Ils sont ruinés moralement.

Parmi les tics de paraître il y en a un qui choque le plus, car il est le plus insensé.

C'est celui de paraître religieux.

Tromper les hommes passe, mais tromper Dieu !

Où cela peut-il conduire ?

Cependant ce phénomène se reproduit à tout instant.

Pourquoi ?

Hélas ! je ne puis faire autrement que de revenir à mon refrain: parce que les hommes sont bien étourdis, parce qu'ils ne réfléchissent pas assez, parce qu'ils sont trop enfants.

Qu'on ne soit pas religieux, cela se comprend.

Qu'on ne le soit qu'à demi, c'est une chose difficile à concevoir.

Il est temps de reconnaître que la vraie religion ne consiste pas *seulement* à faire partie d'un culte, à visiter les temples, à réciter des prières, à exercer les pratiques extérieures ; il est temps de comprendre que la vraie religion consiste à remplir son devoir jusqu'au bout, quand même ce devoir deviendrait dur et pénible au delà de toute expression.

A cela j'ajouterai un conseil.

Il y a des gens qui considèrent Dieu comme un camarade *commode* à qui l'on peut taper sur le ventre et dire, mon ami, à demain, nous avons le temps de régler nos affaires.

Que ces gens-là se ravisent.

Qu'ils n'essayent pas de tricher.

Qu'ils n'oublient pas qu'avec Dieu il faut jouer cartes sur table.

Je maintiens que paraître est une contrefaçon indigne de l'homme.

Le jour où nous finirons par nous convaincre que notre vie sur la terre n'est pas un prétexte de paraître, mais une occasion d'être, notre éducation sera faite.

Devenus adultes nous agirons en conséquence.

Nous laisserons de côté les utopies, les réformes dictées par les socialistes, collectivistes, naturalistes, réalistes, nihilistes ou autres ; nous renoncerons au système incendiaire, à l'emploi de la force brutale. — Nous ne discuterons pas le but, nous discuterons les moyens d'y arriver.

Notre but sera le bien.

A ce principe nous associerons tous ceux qui en dérivent, l'autorité, la propriété, la famille, en mettant au premier plan la religion.

Notre programme sera tracé.

Asseoir tout sur les principes, considérés comme axiomes. — Découvrir de nouveaux mondes dans le beau, le vrai, le bon et l'utile.

Perfectionner les voies qui mènent à l'idéal.

Je parle à mon aise du jour où l'humanité fera tout cela. — C'est pitié de penser combien ce jour semble encore éloigné,

Certes, il nous revient le mérite d'avoir cherché à débrouiller quelques questions graves, d'avoir essayé d'atténuer l'intensité de certains bobos sociaux ; mais nous nous y prenons à la façon d'un médecin inexpérimenté, qui attache toute l'importance aux symptômes des maladies sans approfondir les causes d'où elles viennent.

Il en résulte que nous appliquons force cataplasmes, palliatifs pour obtenir tout au plus un piètre soulagement de quelques heures.

Si encore les poisons à l'usage interne, ou les bistouris, n'y jouaient pas un rôle prépondérant.

Mais, par malheur, nous sommes aussi téméraires qu'imprudents ; nous coupons, nous brûlons, nous détruisons à tort et à travers avec une assurance aveugle.

Nous avons extirpé l'aristocratie. Fameuse opération ! Après cela nous encensons le peuple, nous divinisons les démocrates.

De mieux en mieux.

Ne dirait-on pas que nous sommes fiers d'avoir sacrifié un des plus nobles organes de notre corps social ?

Qu'est-ce que l'aristocratie ?

Je vais vous la définir dans une image.

Lorsque vous préparez une semaille et que vous tenez à jouir d'une riche récolte, vous choisissez les grains, n'est-ce pas ? Il y en a ordinairement trois sortes. La qualité supérieure, les médiocres et l'ivraie. Aux grains substituez les hommes. — Vous aurez trois catégories analogues. — Le numéro *un* sera l'aristocratie.

Notez bien, l'aristocratie qui se trouve *partout*, parmi les gens du peuple comme parmi les potentats, l'aristocratie qui est *personnelle*, l'aristocratie qui s'annonce par les vertus d'élite,

Quels sont les grains dont la culture, de plus en plus perfectionnée, devrait le plus nous tenir à cœur ?

Votre réponse sera la mienne.

Or, tout ce que nous avons fait pour réhabiliter ceux qui ont, pendant très-longtemps, gémi sous le poids des privilèges, des traitements arbitraires, inhumains, barbares, était juste est bien fait.

Niveler les inégalités relatives au droit commun, frayer le chemin au mérite, au merite seul, c'était notre devoir.

Aujourd'hui *chacun* peut monter.

Mais gardons-nous d'intervertir les principes.

La suprématie n'est due qu'à *ceux* qui restent au sommet.

L'aristocratie ne saurait périr car elle est un principe.

Les pseudo-aristocrates ont disparu sans que personne s'en apitoie

Le même sort attend les hommes et les choses.

Toute autorité qui n'est qu'apparente cesse de l'être.

La République, on a beau lui chercher noise, pourrait prendre une première place parmi tous les gouvernements.

Il lui faut, pour cela, être sage et ferme.

Il faut que les hommes qui la représentent respectent et fassent respecter les principes.

Il faut qu'ils sachent, au besoin, serrer les rênes; qu'ils n'oublient pas que gouverner ne s'appelle pas laisser faire.

Hommes d'Etat, un grand danger couve dans ce mot *liberté* que vous servez à toutes les sauces sans penser combien il est indigeste.

Vous tombez entre deux alternatives, ou de mentir à vos promesses, ou de mentir à votre mission qui est celle de prohiber l'anarchie. — La liberté n'est pas un principe, elle est une déduction.

Il y a des lois qui défendent le mal, qui punissent les malfaiteurs.

Strictement on n'est libre que d'être honnête.

Or, à quoi bon enfoncer des clous dans le vide ?

Les démagogues ne demanderaient pas mieux que de jouir d'une liberté absolue. Etes-vous d'humeur à la leur accorder ? — Les hommes dépravés ne demanderaient pas mieux que de corrompre la jeunesse en la submergeant de leurs productions obscènes. — Vous croyez-vous libres de les y autoriser ?

Les fous de toute espèce ne demanderaient pas mieux que de vous arracher ce consentement que vous avez l'air de tenir à leur disposition et que vous retirez parce qu'il deviendrait votre honte.

Mais prenez y garde !

Déjà les signaux sinistres se font entendre.

On vous nomme tyrans et le nombre de vos accusateurs grossit de jour en jour.

Encore un peu de faiblesse et *c'en est fait de vous...*

J'ai assisté récemment à **Z...**, dans une ville de province, à la distribution des prix aux élèves du collège. On y a prononcé deux discours traditionnels où cependant la tradition a été soigneusement éliminée. Le nom de Dieu ne choqua pas une seule fois les oreilles progressistes de l'auditoire. — Ce dernier, largement édifié, couronna d'une salve d'applaudissements la tâche des orateurs, surtout celle du noble député qui a daigné honorer la fête en la présidant. — Dans sa harangue, pleine de verve et de haute élévation moderne, il félicita la jeunesse d'être, grâce au gouvernement actuel, délivrée à jamais de certaines préoccupations aussi chimériques qu'inutiles... *ici un geste significatif dirigé du côté des ministres du culte releva le prix des paroles.*

Désormais, continua-t-il, vous n'aurez d'autres soucis que ceux d'échapper aux retenues. — Partez en paix, je vois d'ici votre avenir rempli de charme et de gaité, oui de gaité, de ce don vraiment national, vraiment français, qui fera de vous des hommes !..

Et cætera, et cætera, et cætera.

Tonnerre de bravos, enthousiasme indescriptible !!

Je m'en allais la tête basse.

Quel dommage, me disais-je, que notre République affecte de divorcer avec la foi. — Que n'obtiendrait-elle, unie à la vérité, à l'idéal ! Sans eux, sa devise ne sera qu'une lettre morte, son triomphe, qu'un vain mot, sa génération future qu'un fruit sec.

Croyez, républicains, le secret en est là.

Vous serez égaux, car l'égalité gît dans le but commun à tous les hommes, dans les moyens d'y arriver distribués avec la même mesure. — Briller n'est pas donné à chacun. — Être honnête le peut qui veut.

Croyez, républicains, vous serez libres, car la liberté consiste à l'affranchissement de mauvaises passions. — Esclaves des principes vous resterez libres, quand même le hasard vous jetterait en prison, quand même l'adversité vous attacherait tous ses boulets.

Croyez, républicains, vous serez frères, car la fraternité repose sur l'empressement qui nous fait effacer toutes nos mesquines rivalités du jour, vu le rivage vers lequel nous naviguons ensemble.

Croyez, républicains, et vous engendrerez des hommes forts, tels que je souhaiterais de les voir.

II

J'ai fini. — Non, je n'ai pas fini. — Je vous dois encore
la justification des deux adjectifs placés en tête de ma
brochure. — Ils devaient suivant mon opinion, repré-
senter deux programmes parfaitement distincts, que les
hommes peuvent adopter à leur choix. — Ces deux
programmes sont, le spiritualisme et le matérialisme. —
Ils ne se ressemblent guère. — Ils diffèrent du tout
au tout.'— Je les appelle *blanc et noir*. — Ici ressort la
situation des animaux qui restent dans un *gris* perpétuel. Pour eux il n'y a aucun changement. — Leur existence est passive et se termine telle quelle. Dans la vie
des hommes il y a deux éléments contraires qui les
poussent tantôt aux jouissances immédiates mais courtes,
tantôt aux aspirations lointaines mais durables. — Selon
qu'ils donnent la préférence à l'un de ses deux moteurs,
ils se vouent à une marche facile ou pénible, semée de
roses ou d'épines, en prenant deux routes diverses dont
l'une se trouve à droite et l'autre à gauche.

Voilà ce que j'ai compris par blanc et noir.

Plus nous vacillons, plus nous nous rapprochons du
gris animal. — Notre côté faible est d'être composé
d'esprit et de matière, ce qui fait que nous changeons
volontiers de nuance et que nul de nous ne parvient au
blanc pur. — Malgré nos meilleurs efforts il y surgit
toujours quelque mélange.

Toutefois ces efforts nous serons comptés.

Maintenant, amis lecteurs, que j'ai déchargé tout ce qui me pesait sur le cœur, laissez moi vous dire *au revoir*.

Vieux, cassé, infirme, je soupire après ce monde qui est en dehors de la terre, après ce monde où rien n'est vague, où tout est grand, parfait, infini, déterminé.

Où au-dessous du noir est le néant,

Où au-dessus du blanc est l'immortalité.

FIN.